AF500642

FABLES

DE

Mlle MARIE DE ***.

PARIS,

IMPRIMERIE DE C.-H. LAMBERT,
RUE BASSE-DU-REMPART, 24.

—

1845

AU LECTEUR.

Lecteur, je ne viens point, dans une ample préface,
Que l'on lit en bâillant et que souvent l'on passe,
Vous faire sur la fable un ennuyeux discours
Que de nombreux auteurs vous offriront toujours.
Je viens, timidement, implorer l'indulgence.
Lorsque je commençai ces vers dans mon enfance,
A peine j'avais vu naître treize printemps ;
Aujourd'hui sur mon front l'on compte dix-huit ans.
Je ne prétends atteindre au père de la fable :
Folle prétention ! il est inimitable ;
Mais ma morale est pure et condamne à la fois
Le vice et les travers : je l'espère et le crois.

I

L'ABEILLE ET LA GUÊPE.

En un vallon délicieux
Que le concert mélodieux
Du rossignol enchante,
Se mêlent au lilas la rose et l'amarante.
La vigilante abeille y fixe son séjour;
Elle y recueille chaque jour,

Sur le tendre calice
De la fleur d'oranger, de l'œillet, du narcisse,
Un suc utile et bienfaisant.
La guêpe au long corsage,
Alors passant,
Avec aigreur lui dit : — Quel est cet étalage ?
Et pourquoi donc, ma sœur,
Travailler avec tant d'ardeur ?
Vous habitez une cellule
Qui n'est qu'un piége des humains ;
C'est être dupe et bien crédule.
Que je vous plains !
Jouissez comme moi de votre indépendance,
Essayez-en du moins ;
Ne laissez plus ravir le produit de vos soins,
Vous aurez bonne chance.
Il est si doux le plaisir de piquer,
Que je n'y puis jamais manquer !

Vous gardez le silence !
— Je pourrais parcourir et les monts et les champs
Ainsi que vous, lui répondit l'abeille :
Mais à l'abri des autans,
Aux lieux que j'habitai la veille
J'aime à revenir chaque jour,
Et, reine, j'y réside au milieu de ma cour.
Le bonheur de piquer, je ne le veux connaître.
Adieu, jusqu'à votre retour.
Sans témoins elles croyaient être,
Lorsque le jardinier passa.
Agitant sa fronde légère,
A la guêpe il la lança.
—De ton arme meurtrière,
Lui dit, devant qu'elle expira,
L'habitant du village,
Tu faisais un mauvais usage :
Ma main t'en privera ;

Sois donc punie.
A l'abeille, ta sœur, je garde un meilleur sort.
Je la protége et respecte sa vie;
Mais qui veut toujours nuire, à soi-même fait tort.

II

LA PANTHÈRE ET LE LIONCEAU.

Sur les sables brûlants
Des déserts de l'Afrique,
Quand le soleil embrasait le tropique,
La panthère de ses enfants
Allait chercher la nourriture.
Elle aperçut un lionceau :
C'était pour elle une bonne capture
Et l'épargner eût été beau.
Elle fit plus que de laisser la vie
A ce jeune orphelin.
S'apitoyant sur son destin,
Quoique de son espèce elle fût ennemie,

Malgré la crainte qu'un jour
De sa compassion elle ne fût punie
Sur les objets de son amour,
A ses fils le donnant pour frère,
En sa demeure elle le transporta :
En un mot l'adopta.
Jamais ne quittant la panthère,
Il grandit avec eux;
Et lorsque ses enfants ingrats, impérieux,
S'éloignèrent,
L'abandonnèrent,
Le lionceau, toujours
Soumis, reconnaissant, fidèle,
Jamais ne se sépara d'elle,
Et la soigna dans ses vieux jours.

Un bienfait après lui porte sa récompense :
On le voit même ici contre toute apparence.

III

L'ENFANT ET LA GOUTTE DE ROSÉE.

Par la nature déposée,
Sur un jasmin brillait la goutte de rosée.
Etincelante alors des rayons du soleil,
Aux regards d'un enfant elle paraît charmante :
— Un diamant, dit-il, à nul autre pareil ;
Quelle rencontre ! elle m'enchante.
Mais la goutte reprend :— De moi n'approchez pas,
Vous anéantiriez mes fragiles appas.

Sans l'écouter et d'une main avide,
Le marmot la saisit : O surprise ! ô douleur !
Il ne tient en ses doigts que l'élément liquide.

Le plaisir quelquefois nous promet le bonheur,
Gardons d'en approcher; trompant notre espérance,
Ainsi que la rosée il est toujours brillant.
Nous laissant affligés comme ce jeune enfant,
Il ne nous resterait que triste souvenance.

IV

LA PIE ET LE HIBOU.

Vaine de sa famille,
A tous les oiseaux d'alentour :
Sachez à quel point est gentille,
Disait dame la pie un jour,
Ma naissante couvée ;
Vous l'admirerez, mes sœurs,
Alors qu'elle sera parmi vous arrivée.
Bientôt vous connaîtrez ses attraits enchanteurs.
Sur le haut de ce chêne.

Pour la soustraire aux ravisseurs,
Je la plaçai loin de la plaine;
Vous pouvez de ces lieux apercevoir mon nid.
Les habitants du bocage
Ecoutaient son récit,
Se riant de son bavardage;
Mais l'un de ces oiseaux de sinistre présage
L'entendit.
Dans le creux d'un vieux hêtre
Il fixait son séjour,
Et n'en sortait qu'à la chute du jour,
Dès que sur l'horizon l'on voyait disparaître
Le soleil dont l'éclat
Paralysait sa vue.
Sans rencontrer obstacle ni combat,
Il se dirige vers la nue,
Sur le faîte du chêne enlève le trésor
De la mère indiscrète.

Plus satisfait qu'Harpagon de son or,
Chargé de cette proie, il gagne sa retraite ;
Il n'avait de longtemps fait semblable repas,
Rarement on se trouve en si fortuné cas.
Il était tard ; en son gîte
Chaque oiseau se sauva,
Et la pie au plus vite ;
Mais lorsqu'elle arriva,
Trop malheureuse mère !
O surprise ! ô douleur :
Elle se désespère,
Déplore son malheur,
Accuse un destin trop sévère,
Fait retentir au loin de longs gémissements.
L'écho repète encor ses lugubres accents,
Lorsque du ravisseur ces mots se font entendre :
— Vous seule avez conduit les coups
De votre triste sort, n'en accusez que vous ;

Car il ne suffit pas d'être orgueilleuse et tendre
Pour les objets de votre amour ;
Soyez à l'avenir moins vaine et plus discrète,
Si vous voulez leur conserver le jour.
Puis le hibou rentra dans sa retraite.

V

LA CARPE ET LE GOUJON.

Un vieux goujon, tout chétif qu'il était,
Se croyait d'une immense taille,
Et c'est ainsi qu'il parlait :
— Il n'en est pas un qui me vaille
Parmi mes nombreux compagnons ;
Chacun me flatte et me caresse ;
Ma renommée atteint aux environs.
Chez tous ceux de son espèce

Il tenait, en effet, un rang supérieur;
Qu'il était fier de tant d'honneur!
Mais une carpe dorée
Quitta son fleuve nourricier,
Voulant visiter la contrée.
Dans le ruisseau qui le premier
Vint s'offrir à sa vue,
Parmi les joncs la carpe s'élança.
Le goujon auprès d'elle incognito passa,
Se disant : Elle s'est perdue;
Contre elle réunis nous pourrons bien lutter.
Sa taille ne doit pas, amis, épouvanter.
La dame aux écailles nacrées
Sillonnait lentement les ondes argentées.
Le soleil de l'horizon
Allait bientôt disparaître,
Quand elle imagina de poursuivre un goujon;
C'était précisément celui qui croyait être

A l'abri du danger,
Lorsque dès le matin il la voyait nager.
Il s'éloigne au plus vite,
Appelant ses amis, toujours il se sauvait.
Craignant la carpe à l'égal du filet,
Loin de le secourir chacun alors l'évite ;
Le goujon trouve enfin
Un modeste réduit ; l'habitante du fleuve
L'y laisse avec dédain.

Cette aventure est la preuve
Qu'il ne faut pas compter sur le secours d'autrui.
Voyant leur retraite envahie,
Du goujon les flatteurs ont fui.
Ainsi sa vanité du mépris fut punie.

VI

LA ROSE.

Un jour, la rose dédaigneuse,
Vaine de sa beauté,
Après avoir au lis, même à la tubéreuse,
Voulu parler avec fierté,
Abaissa ses regards
Sur l'humble violette.
— Vois, dit cette coquette,
Vois rangés sous mes étendards

Ceux dont mes beautés sont l'idole ;
Admire mon brillant éclat,
Et mon élégante corolle.
Le papillon léger de son vif incarnat
Vient encore embellir mes charmes ;
L'aurore sur mon sein a déposé ses larmes.
—Vos attraits sont nombreux, lui répondit sa sœur,
Et des plus agréables ;
Mais convenez qu'emblèmes du bonheur
Ils sont bien peu durables.
A peine elle achevait,
Que l'aquilon, succédant au zéphire,
Epargnant l'humble fleur, détruisit sans regret
La rose et son empire.

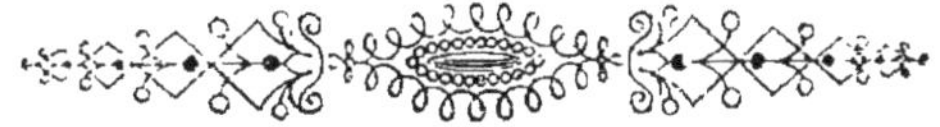

VII

LE LOUP.

Croyant ouïr au loin le son du cor,
Un loup soudain prend son essor,
S'élance imprudemment d'un antre, sa retraite ;
Il court, veut fuir le bruit de la trompette.
A travers la forêt
La terreur qui le guide
Rend sa course parfois incertaine et rapide.
Il jette en s'arrêtant un regard inquiet ;

Mais sa vue est troublée, il donne dans un piége
  Dont il ne peut se dégager.

Au milieu du péril le calme nous protége,
Et la frayeur souvent est un nouveau danger.

VIII

L'HIRONDELLE.

Venant de lointaine contrée
Et des voyages dégoûtée,
Une hirondelle au printemps
Voulut un jour construire sa demeure,
Afin d'y mettre à l'abri ses enfants.
Partant sur l'heure,
Elle regarde avec dédain
Le toit du laboureur où logeaient ses compagnes.

—Avec ce que j'ai vu chez un grand souverain,
Ces chétives campagnes
Forment un contraste étonnant,
Se disait-elle en cheminant.
Elle était affligée,
Presque découragée,
Lorsqu'elle aperçut un palais.
— Enfin je me reconnais,
Dit cette belle ;
Etablissons-nous là. Soudain elle le fait ;
Alors joyeuse, l'hirondelle
Espérait achever son logis à souhait,
Quand de céans parut le maître.
Dans l'ogive d'une fenêtre
Il voit le nid : ordonne qu'à l'instant
Il soit détruit. Prognée
N'a plus d'asile en ce fatal moment.
Ainsi délogée,

Sa douleur la conduit
A chercher autre part un modeste réduit.
Rien n'y troubla sa vie,
D'aise elle était ravie.
— Je suis en sûreté,
Disait-elle avec joie :
L'obscurité
Du bonheur est la voie.

IX

LA CHENILLE ET LE VER A SOIE.

Un ver à soie
Qui filait constamment son trésor avec joie,
Un jour entendit s'écrier,
Parmi des feuilles de mûrier,
Une chenille bigarrée
Qui dans son gîte était entrée.
Et la voilà de dire au ver laborieux,
Avec une ironie amère :

— Sans doute, vous craignez d'avoir des envieux,
Puisqu'en cette prison sévère
Vous vous plaisez à demeurer;
Que faites-vous donc là, mon frère?
Venez plutôt au soleil admirer
Les couleurs vives, éclatantes
Dont la nature au jour se plaît à me parer,
Et ma métamorphose et mes ailes brillantes.
Pour vous soustraire au mépris, au dédain,
Vous vous cachez, obscur insecte!
— On me conserve, on me respecte,
Et jusqu'au souverain,
Se pare des merveilles
Produit de mes constantes veilles,
Reprit le ver justement courroucé.
D'ailleurs, en mon séjour qui donc vous a forcé
De venir m'interrompre?
Mais en vous répondant je crains de voir se rompre

Le fil précieux
Qui sert à tisser même
Des princes couronnés d'un brillant diadème
Les vêtements somptueux.
On sait m'apprécier, car un travail utile
Est préférable aux plus riches couleurs.
Comme toutes ses sœurs,
La chenille orgueilleuse et pourtant inhabile
A ce discours ne put rien répliquer,
Et depuis cet instant n'osa plus attaquer
Le mérite tranquille
Du labeur assidu,
Par l'avantage bien futile
D'une beauté fragile
Qui bientôt aura disparu.

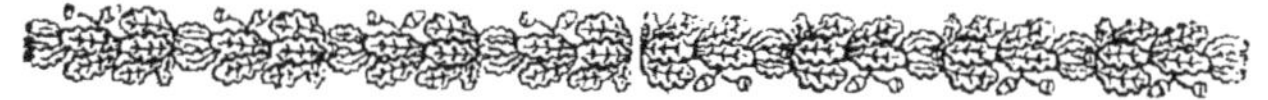

X

LE RENARD ET L'OISON.

Un renard, en ruses fertile,
Estimait son mérite, et sans bonne raison
Il se croyait du bois l'hôte le plus habile.
Entendant le cri d'un oison,
Il se faufile à travers le buisson
Pour guetter un souper qu'il dût à son adresse.
A la faim qui le presse
Il se dispose à l'immoler.

Craignant que son aspect ne le fasse envoler,
Maître renard s'enfonce dans la neige,
Mais le voilà pris dans un piége.

Lorsqu'avec la prudence elle n'est de concert,
La ruse bien souvent nuit plus qu'elle ne sert.

XI

LE LIS ET LE PAPILLON.

Aussi léger que le zéphire
Et voltigeant de fleur en fleur,
Sur le lis auquel Flore a décerné l'empire,
Le papillon se pose, et dit d'un ton flatteur :
— Jamais avec tant d'allégresse
Je n'admirai la suprême sagesse
Qui de vous a fait choix.
Bienheureux ceux qui vivent sous vos lois.
Votre blancheur éblouissante

Vous donne un air de majesté ;
Votre tige dans l'air s'élance avec fierté.
Votre corolle est belle aussi bien qu'élégante.
Si le malheur pour vous obscurcit l'avenir,
Comptez sur moi, je veux vous secourir.
Le lis reprend : — Je vous crois sur parole.
De l'albâtre de ma corolle,
Que rend plus éclatant votre vif incarnat,
L'or de mon cœur bientôt altérera l'éclat ;
Voyez s'attachant à me nuire
Cet essaim de fourmis.
Dissipez sans délai d'insolents ennemis.
Le papillon s'envola sans mot dire.

Combien voit-on de dévoûments
Dont celui-ci pourrait être l'emblème,
Dans le péril se terminer de même
En vains discours, en promesse, en serments !

XII

L'AIGLE, LE COQ ET LE FAISAN.

Ennuyé de la solitude,
Le roi des airs un jour visita ses sujets.
De les rendre heureux désormais
Il voulait, disait-il, faire sa seule étude,
Et par de sages règlements
Se disposait à mettre un terme aux différends.
Le peuple ailé dans sa justice espère,
Et ne songeant plus qu'à lui plaire,

Accourt de différents pays
Pour écouter et suivre ses avis.
L'aigle devient un monarque équitable,
Qui, se montrant aux méchants redoutable,
Punit le crime audacieux,
Dédaigne les flatteurs et les ambitieux.
Le coq au roi de la gent emplumée
Expose ses griefs d'une voix animée :
— Ce vain faisan m'a, dit-il, contesté
Le mérite de la beauté :
Monarque juste et sage,
Décidez sur notre plumage.
Devant le tribunal du prétendu Caton,
Le faisan répliqua, mais sur un autre ton ;
Moins irascible que son frère,
Il réclama, mais sans colère.
L'oiseau de Jupiter met un terme aux discours,
Et, prononçant une sentence,

Du premier mécontent il blâme l'arrogance ;
Puis il décide que toujours,
Par l'éclat de son plumage,
Le faisan sur le coq remporte l'avantage.

Du mérite éprouvé la modestie est sœur,
Et souvent elle obtient l'éloge du censeur.

XIII

L'ENFANT ET L'OISEAU.

—Charmant oiseau de ce bocage,
Qui m'enchantez par votre doux ramage,
Vous viendrez près de moi ;
Je vous mettrai dans une cage ;
Vous serez plus heureux qu'un roi.
Ainsi parlait Lucie,
Jeune enfant de six ans.
Au printemps de la vie

2.

Connaît-on les tourments?
L'oiseau fut pris; sa maîtresse éplorée,
Car il ne chantait plus,
Faisait pour l'égayer des efforts superflus,
Lorsqu'un jour il lui dit : — Une prison dorée
Pourrait-elle être comparée
Au bonheur d'être indépendant?
Il le fut à l'instant,
Et sa voix fut encor par Lucie admirée.

XIV

L'HÉLIOTROPE ET LA BELLE DE NUIT.

L'héliotrope un jour se permit de sourire
De la fleur dont Phœbus ne vit jamais l'éclat ;
Le voilà de lui dire :
— Ma sœur, découvrez-nous votre vif incarnat ;
Pour nous convaincre de vos charmes,
Il faudrait les apercevoir ;
Lorsque de la rosée auront séché les larmes,
Nous en connaîtrons le pouvoir ;

Ignorant vos attraits, peut-on vous nommer belle?
— Il est vrai, dit la fleur, c'est ainsi qu'on m'appelle;
Mais on ne me voit que la nuit;
Je crains l'astre du jour, sa clarté m'éblouit,
Et je recherche l'ombre.
Quand de Phœbé le disque transparent
Répand sur la nature un aspect calme et sombre,
Je goûte un plaisir pur, plaisir vif et constant.
Elle s'épanouit quand finit la journée,
Et l'autre fleur était fanée.

A l'abri du grand jour la vertu se complaît
Lorsqu'elle est véritable ;
Inaperçu, son doux reflet
N'en paraîtra que plus durable.

XV

LE PHILOSOPHE ET LE ROSSIGNOL.

Un philosophe, ou plutôt un athée,
Seul avec les remords de son âme agitée,
Qui prétendait nous découvrir
Qu'au néant tout doit aboutir,
Contemplait les beautés que contient la nature.
L'astre des nuits, calme et silencieux,
Se reflétait alors dans l'onde pure;
Du rossignol le chant mélodieux

Semblait du Créateur proclamer l'existence
Et bénir à la fois sa bonté, sa puissance.
Le philosophe, ému par les chants de l'oiseau :
  — Raison, dit-il, ton seul flambeau
  Ne saurait me faire comprendre
Comment le pur hasard aurait formé les sons
  Que mon oreille vient d'entendre.
  O chantre ailé de ces buissons,
  Apprends-moi qui te les inspire,
Qui donne des accents à ta flexible lyre!
— C'est, lui répond l'oiseau, le Seigneur tout-puissant,
Celui qui d'un seul mot tira tout du néant;
A ses perfections l'univers rend hommage,
  Le monde entier est son ouvrage.
Homme! vous devriez constamment le servir,
Car s'il vous fit un cœur, ce fut pour le bénir.
L'athée est interdit, puis, rentrant en lui-même,
    Reconnaît son erreur.

Quand l'univers prouve l'Etre suprême,
De celui qui l'ignore, ah! plaignons le malheur!
Que de témoins pour le confondre!
A leur muet langage il ne saurait répondre.

XVI

LE RUISSEAU, LA MARGUERITE ET LA TULIPE.

Emblème du bonheur,
Un ruisseau serpentait dans l'empire de Flore,
De ses flots argentés embellissant encore
Les lieux auxquels il donnait la fraîcheur;
Dérobant un pétale au lis, même à la rose
A peine encore éclose;
Zéphir en soupirant
Lui portait quelquefois ce tribut odorant.

Près de la reine marguerite,
Sur ces bords enchanteurs,
Vaine de ses adorateurs,
Du Batave la favorite,
Réunissant les sept couleurs d'Iris,
La tulipe à ses sœurs parlait avec mépris :
— Sur les fleurs c'est moi qui domine,
Affirme-t-elle à sa voisine,
Qui lui répond avec douceur :
— Le papillon volage,
Lorsqu'il vous porte son hommage,
S'est bien souvent reposé sur mon cœur.
A l'éclat qui vous environne,
Je préfère l'obscurité ;
Et pour moi la tranquillité
Est au-dessus d'une couronne.
La tulipe en ce moment
Offre à sa modeste compagne

De s'en remettre au jugement
Du ruisseau dont le cours fécondant la campagne
Est le trésor des fleurs.
Celui-ci, s'adressant aux interlocuteurs,
S'exprima sans flatterie :
— A toutes deux, dit-il, j'accorde la beauté.
Tulipe, entendez-le, par votre jalousie
Votre éclat s'obscurcit, telle est la vérité.
La marguerite,
Loin comme vous de s'admirer,
Ajoute à son premier mérite
Un bien plus grand encor, celui de l'ignorer.

XVII

LE LOUP ET LE RENARD.

Allant je ne sais où, mais courant au plus vite,
Maître renard, loin de son gîte,
Un jour s'aventura.
En son absence un loup s'en empara;
C'était, à son avis, le plus beau lieu du monde;
Rien n'y devait troubler sa retraite profonde :
Au moins il se l'imaginait,
Et cependant faisait le guet,

Quand le propriétaire
Vint lui réclamer sa tanière.
Le nouvel hôte répondit :
— Nul pouvoir n'est capable
De me bannir d'un séjour agréable :
De mon terrier sois à jamais proscrit :
Il m'appartient par le droit de conquête.
— Or donc, reprit la fine bête,
J'invoquerai Thémis, et s'il ne suffit pas,
Comme un autre Annibal, aux ruses de la guerre
Je saurai recourir pour ravoir ma tanière.
D'un chasseur à l'instant l'on distingue les pas :
Le loup tombe sans vie,
Car le trait meurtrier avait été lancé.
— Te voilà donc percé !
S'écria le matois sur le ton d'ironie ;
Rien ne te dut bannir, oui, tu le prétendais ;
Mais d'un bien usurpé peut-on jouir en paix ?

XVIII

LE ROSIER ET LE SOUCI.

En ce jardin qui de nos rois
Voit la splendeur et la magnificence,
Où l'art de la nature ose usurper les droits,
Alors que les autans font sentir leur puissance,
Un jour près du rosier le souci se trouva,
Et le premier en ces mots s'exprima :
—Mon frère, bénissons le sort qui nous rassemble,
Lorsque nous inspirons tous deux des sentiments,

Avouons-le, qui sont bien différents;
Devant moi l'on sourit, à votre aspect l'on tremble,
Parce qu'on voit en moi l'emblème du bonheur,
Et que vous présentez celui de la douleur.
On vous redoute; on prétend vous détruire.
— De mon destin, dit le souci,
Gardez-vous de médire.
Votre bouton à peine épanoui,
Ne le cueille-t-on pas ainsi que votre rose,
A l'instant où sur elle un papillon se pose?
— Oui, dit l'arbuste, on veut me la ravir,
Mais bien souvent on peut s'en repentir.
Dès qu'une main sur moi s'incline,
Serait-ce une royale main,
Je sais opposer une épine
A cet injurieux larcin;
Et si l'on consomme l'outrage,
Alors dans mon courroux

Je me venge à l'instant et satisfais ma rage ;
Mais je conviens, sans doute ainsi que vous,
Que de l'homme ici-bas bien grande est la détresse :
Il vous fuit et vous trouve, il m'aime et je le blesse.

XIX

LE VIEUX RAT ET LA JEUNE SOURIS.

Une jeune souris s'en fut imprudemment
Donner tête baissée en une souricière.
Un vieux rat l'aperçoit et lui crie hautement :
— Vous ne connaissez pas la ruse meurtrière.
Hier je vis ma sœur y rester prisonnière.
C'est un appât trompeur, fuyez-le promptement.
Seriez-vous lasse de la vie ?

— Beau sire, je vous remercie ;
Sans rencontrer maigre repas,
Reprit la dame à longue queue,
Lorsqu'on trouve un mets aussi gras,
Et qu'on a fait plus d'une lieue,
Ne peut-on satisfaire au moins son appétit ?
J'admire une prudence à nulle autre pareille,
Et dans quelques instants j'y prêterai l'oreille.
Puis au festin elle se mit ;
Mais bientôt on la prit.

Imprévoyante, vaine est toujours la jeunesse ;
Et l'on voit maintes gens
Se moquer des conseils que donne la vieillesse,
Et n'apprendre jamais qu'à leurs propres dépens.

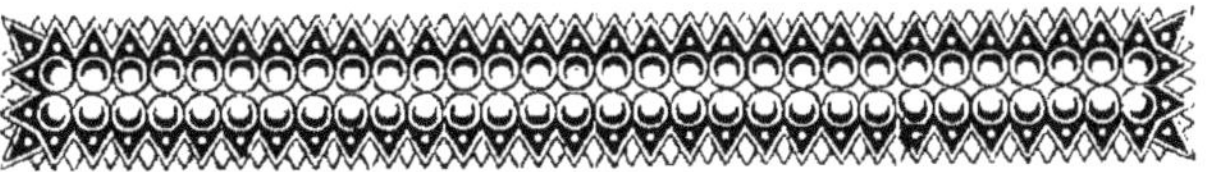

XX

LES VILLAGEOIS ET LE MARRONNIER.

Sous un antique marronnier
L'on accourait du voisinage
Pour se réunir, s'égayer,
Et célébrer la fête du village.
— Au bonheur livrons-nous,
Disaient-ils tous ;
Le ciel nous a donné des jours prospères ;
C'est ici qu'ont dansé nos pères.

Mais le tonnerre gronde et ce n'est pas en vain;
S'approche en peu d'instants, frappe l'arbre soudain.
La fête a perdu tous ses charmes,
Les plaisirs sont passés,
La gaîté se change en alarmes,
Les villageois sont dispersés.

Quand nous croyons n'avoir plus rien à craindre,
Hélas! souvent au milieu du bonheur,
Pour nous se prépare un malheur.
Faut-il le pressentir? nous serions trop à plaindre.

XXI

LE COQ.

Le coq au roi des airs prétendit s'égaler.
— Je réunis la force et le courage,
Dit-il un jour; s'il ne faut que voler
Sur le sommet des monts du voisinage,
La chose est fort aisée. Amis, je serai roi,
Tout plîra devant moi.
Grande division dans la gent emplumée :
Les plus sots d'admirer sa noble destinée,

Les autres de blâmer son projet insensé,
Mais déjà dans les airs le coq s'est élancé.
Il n'avait pas atteint le faîte d'un jeune arbre
D'un vol traînant et lourd,
Qu'il retomba dans un bassin de marbre.
Son règne fut bien court.
Ceux qui l'avaient loué, les premiers s'en moquèrent
Et d'un commun accord tous les siens le raillèrent.
Pourquoi fut-il infidèle à son sort,
Et ne suivit-il point sa voie ?
Il croyait être fort,
Et du malheur il fut la proie.

XXII

L'HOMME ET LE HIBOU.

Un soir maître hibou s'avisa de paraître
Sur le balcon de la fenêtre
D'un homme, illustre auteur,
Qui, saisi de frayeur,
S'écrie : — Oiseau de sinistre présage,
Oses-tu bien troubler le sage?
Pars à l'instant, redoute mon courroux.
— Craindre vos coups !

Dit l'oiseau de Minerve,
Vous tremblez devant moi.
La déesse qui me préserve
Porte la sagesse avec soi ;
Me croiriez-vous oiseau de triste augure
Si vous en suiviez la leçon ?
Ne suis-je pas hôte de la nature ?
Je viens pour vous prédire et succès et renom.
L'effet prouva qu'il avait eu raison.

XXIII

LES DEUX CASTORS.

Un castor s'occupait avec activité
De se construire une demeure
Qui fût à sa commodité ;
Il se mettait à l'œuvre de bonne heure
Pour rassembler des soliveaux.
Un sien frère passant se rit de ses travaux.
— A quoi bon, lui dit-il, se donner tant de peine,
Se construire un palais : n'est-ce pas chose vaine ?

—Eh ! Monsieur le rieur,
Reprit l'autre d'un ton moqueur,
Vous venez prêcher la paresse,
Je la condamne avec sagesse,
De mes travaux sans faire l'examen,
Veuillez passer votre chemin.
Le castor s'en alla, louant la Providence
De ne s'être pas occupé
D'une ennuyeuse prévoyance.
Il reconnut s'être trompé
Lorsque la bise vint : se trouvant sans asile,
De l'autre il envia l'existence tranquille.

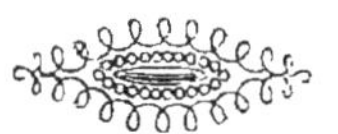

XXIV

L'HOMME ET LE TIGRE.

Combien de fois le voyageur,
En parcourant l'Asie,
N'a-t-il pas exposé sa vie
Aux dents du tigre destructeur?
Las de vivre en alerte,
Un homme imagina, pour prévenir sa perte,
De conclure une paix
Avec cet animal, habitant des forêts.

Dès lors il traversait sans crainte
Un bois obscur, épais.
— Assez longtemps a duré ma contrainte,
Cria le tigre en se jetant sur lui ;
Pour toi le dernier jour a lui ;
Apprends enfin à me connaître.

Ne nous fions jamais aux promesses d'un traître.

XXV

LA FAUVETTE ET LA PERRUCHE.

Une fauvette prisonnière
Avec une perruche était en bon rapport ;
La dame au vert plumage avait pris la première
Intérêt à son sort.
La fauvette trop confiante
En ses accents harmonieux
Lui dit un jour : — Mon destin est affreux !
Vous me traiterez d'imprudente ,

N'importe, je veux fuir; dans un si grand projet,
Sur toute chose observez le secret,
De là dépend ma destinée.
La perruche le lui promit,
Puis elle la trahit
Dans la même journée.
L'oiseau fut donc et perfide et bavard;
La fauvette le vit, mais il était trop tard.

Ne confions pas nos alarmes
A des amis indiscrets, imprudents;
Après quelques épanchements
Il nous en coûterait peut-être bien des larmes.

XXVI

LA BERGÈRE, LE CHIEN ET L'AGNEAU.

Une jeune bergère,
Cherchant en vain son agneau favori,
Se mit fort en colère
Contre le chien, son plus fidèle ami.
—Par un loup ravisseur, dit-elle,
Tu l'as laissé saisir,
L'agneau de la saison nouvelle,
Celui que tu me vois chérir.

Le chien de protester qu'il n'avait vu paraître
Nul animal cruel et traître.
Elle, de commencer par prendre le bâton,
Et refusant d'écouter la raison,
Elle se disposait sans aucune indulgence
A punir de son chien l'extrême négligence.
Mais tout à coup parut l'agneau :
Il avait quitté le troupeau,
Et, gravissant une colline,
Il s'était égaré dans la plaine voisine.
Et revenait après quelques instants.
Or donc, au chien justice fut rendue.

Si l'innocence est parfois méconnue,
Ce n'est jamais que pour un temps.

XXVII

LE GUERRIER ET LE SERPENT.

Un guerrier parcourait
Lentement la forêt :
Ayant sur l'ennemi remporté la victoire,
Il revenait couvert de gloire.
Tout à coup d'un serpent
Il entendit l'horrible sifflement.
Autour de son coursier le dangereux reptile
Veut former de nombreux replis.

Notre guerrier n'était pas très-habile
Pour l'emporter sur de tels ennemis ;
Mais, saisissant sa lance,
De ce nouveau combat il sort victorieux.
En vain sur lui le reptile s'élance.
— Vos triomphes sont glorieux,
Mais ils seront troublés par la cruelle envie,
Lui dit le monstre en expirant ;
N'espérez pas la voir finir avec ma vie ;
Près d'elle le succès n'est jamais innocent.
—Mais, reprend le héros, souvent elle est punie.

XXVIII

L'AVARE ET LE PRODIGUE.

Un homme de son bien perdit une partie;
Du nouvel Harpagon grand fut le désespoir.
  —En cet état plutôt que de me voir,
  Mieux eût valu, dit-il, perdre la vie :
    Je suis privé de mon trésor !
Ah ! toute autre douleur m'eût été moins amère.
En festins, en plaisirs prodiguant tout son or,
Un sien frère s'était réduit à la misère.

Ils la trouvent tous deux
Accablante, importune,
Et s'adressent à la Fortune,
Qui répond à l'un d'eux :
— En ne partageant pas avec le malheureux
Votre ancienne richesse,
N'avez-vous pas mérité la détresse ?
Puis dit à l'autre : — Et vous,
Sachez régler votre dépense,
Afin d'être dans l'abondance.
Désormais l'un et l'autre apaisez mon courroux,
Car les pentes du mal sont toutes entraînantes,
Donc il faut aux mortels des leçons différentes.

XXIX

LES DEUX RENARDS.

Maître renard, un jour s'absentant de son gîte,
Vers une basse-cour alla porter ses pas :
Souvent il y faisait une courte visite
Qu'il terminait toujours par un ample repas.
   Mais une haie en défendait l'entrée :
D'une grande hauteur, d'épines entourée,
   Elle semblait difficile à franchir.
Il avait découvert, pour entrer et sortir,

Une étroite chatière.
En cheminant il rencontre un sien frère
Qui l'interroge : — Ah ! dites-moi
Comment on fait, en bonne guerre,
Pour traverser cette épaisse barrière,
Puis échapper à l'inflexible loi ?
En divulguant son stratagème
Craignant de se nuire à lui-même,
Le matois répondit : — Pénétrer en ces lieux,
La chose est impossible,
Et d'ailleurs je suis vieux,
Je suis un animal paisible.
Puis renonçant à son souper
Il part l'oreille basse
Plutôt que d'indiquer l'étroit fossé qu'il passe.
Bien souvent un trompeur finit par s'attraper
Et tombe pris dans les fils qu'il enlace.

XXX

LE SINGE ET L'ÉCUREUIL.

Hommes, qui vous croyez doués par la nature
De dons en tout supérieurs,
Vous vous trompez, je vous le jure,
En maints sujets étant inférieurs.
Cessez de ressembler au singe de ma fable :
Suivant partout son maître, il le contrefaisait ;
A l'imiter parfois Jacqueau réussissait
Avec une adresse admirable.

Maître singe aperçoit un jour
Un écureuil qui tournait dans sa cage.
Il prétend à l'instant faire le même tour.
Vainement l'écureuil lui dit en son langage
Qu'à son adresse il faisait tort.
Il s'obstine, il essaie; après un double effort,
Il tombe. On rit de sa défaite,
La foule en est témoin : c'était un jour de fête.

XXXI

APOLLON ET LES MUSES.

On rapporte qu'un jour du sommet du Parnasse
Apollon s'absenta.
Par je ne sais quelle disgrâce,
De cette absence on profita,
Car les Muses sur leur mérite
Commencèrent à discourir :
Mieux eût valu se réjouir.
—Moi, je suis un censeur que nul mortel n'évite,
Aux hommes je fais voir leurs torts au naturel.

Disait d'abord Thalie.
—Par moi, répondait Uranie,
S'élève leur esprit vers la voûte du ciel.
—Les héros à ma voix revivent sur la scène,
Disait l'altière Melpomène.
On en vint à se quereller,
Au mépris des conseils du sage.
Comme il n'est point aisé de démêler
Qui doit dans ces débats remporter l'avantage,
On résolut d'attendre au retour d'Apollon.
La cause est exposée : aux accents de sa lyre,
Le dieu répond : —Mes sœurs, vous êtes en délire;
Chacune a son mérite, écoutez la raison :
Nulle de vous n'aura la préférence,
Mais vivez désormais en bonne intelligence.
Que ce soit là pour vous, mortels, une leçon;
Du mérite d'autrui ne prenez point ombrage;
En le reconnaissant, sachez lui rendre hommage.

XXXII

LE PAYSAN ET L'ALOUETTE.

Quand sous la faux des moissonneurs
Les blonds épis avaient courbé leur tête,
Quand approchait l'hiver et ses rigueurs,
De prendre quelque oiseau se faisant une fête,
Un paysan tendit ses lacs.
En dirigeant ses pas
Vers la ferme prochaine
Il convoitait les hôtes de la plaine.

L'alouette, on le sait,
Est contre le péril rarement attentive ;
Elle ne fuit pas l'homme, elle n'est pas craintive ;
Le villageois la saisit à l'instant,
Dans le piége elle avait donné tête baissée.
De l'esclavage elle est donc menacée,
Et dit en gazouillant :
—Vous nous livrez la guerre
Perfide, sans combats ;
Laissez-moi voltiger encor sur la bruyère ;
Que craignez-vous, je ne vous nuirai pas;
De vous fléchir je désespère !
Mais comment ai-je pu mériter mon malheur ?
— Que n'avais-tu plus de prudence?
Lui répond le cultivateur,
Tu jouirais encor de ton indépendance.

XXXIII

LE BONHEUR ET LA FORTUNE.

Le Bonheur un jour se trouva
Sur le chemin de la Fortune.
Cette dernière en ces mots s'exprima :
— Quelle circonstance opportune
Vient aujourd'hui nous réunir?
Il m'est doux de m'entretenir
Seule avec vous, mon frère.
A mes désirs ne souscrirez-vous pas?

Veuillez accompagner mes pas
En tous lieux sur la terre.
— Non, je ne puis, ma sœur,
Lui répond le Bonheur,
Car des humains la part ne serait plus égale.
Une superbe capitale,
Un somptueux palais,
Telle est la résidence
Que préfère votre inconstance.
Moi, suivi de la douce paix,
Je vais aux champs fuir l'opulence;
Dans un humble réduit, séjour de l'innocence,
Du laboureur j'adoucis les travaux,
Je donne à ses enfants plaisirs purs et nouveaux.

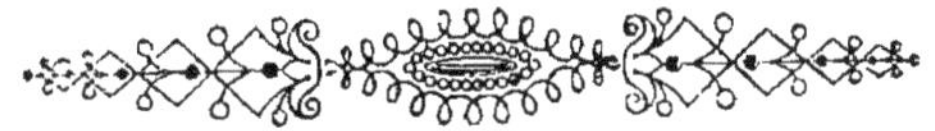

XXXIV

LE HIBOU ET LE PINSON.

Un vieux pinson, oracle du bocage,
Avertissait les oiseaux d'alentour
De se soustraire aux filets, à la cage,
Et surtout d'échapper aux serres de l'autour.
Mais parut un hibou, l'oiseau de triste augure.
Devant lui tout a fui.
Notre pinson, tremblante créature,
Est emporté par lui.

Le ravisseur, muni de cette proie,
A son nid retourne soudain.
L'orateur éperdu le prie et c'est en vain;
L'oiseau cher à Minerve, en sa cruelle joie,
Lui dit : — Il te fallait profiter des leçons
Que tu donnais aux environs ;
Car il est bien de prêcher la sagesse,
Et mieux encor de l'observer sans cesse.

XXXV

LES DEUX LOUPS ET LE RENARD.

Deux loups étaient depuis longtemps en guerre ;
Au larcin d'un agneau remontait cette affaire.
Les habitants du bois, d'un esprit querelleur ,
Dans les deux camps entrèrent,
Et leur adresse et leur valeur
Pendant un an se signalèrent.
Le renard, se croyant plus habile qu'eux tous,
De chacun des rivaux veut servir le courroux ;

Mais son erreur était extrême
D'imaginer qu'il pût cacher son stratagème :
Suspecté des deux partis,
Et par chacun reconnu traître,
Désormais, devant eux s'il ose reparaître,
Il ne trouvera plus d'amis.

Entre des chefs rivaux choisir est le plus sage :
Comme notre renard, ils sont très-imprudents
Ceux qui des deux côtés tiennent même langage ;
Ils l'apprendront bientôt à leurs propres dépens.

XXXVI

LE FAUX SAVANT.

Il était en Chine un savant
Ou plutôt un pédant
Dont l'éloquence était fort applaudie.
Un jour qu'il enseignait avec autorité
A sa trop crédule patrie
Quelque nouvelle fausseté
Relative à l'astronomie,
Un homme de l'Europe, entendant son discours,

Soudain en interrompt le cours;
Même il avance, et c'est avec justesse,
Qu'au nouveau Zoroastre un peu plus de sagesse,
D'étude et de raison,
Serait fort nécessaire;
De tout ce qu'il a dit démontrant le contraire,
Il lui donne une bonne et solide leçon.
Le peuple d'admirer encore.
Notre savant s'en retourne confus,
Jurant qu'à la tribune on ne l'entendrait plus.

Le sage, réservé sur tout ce qu'il ignore,
Prend pour guide la vérité;
Heureux celui dont il est écouté.

XXXVII

LES DEUX ENFANTS ET LA FAUVETTE.

Du mal que l'on commet soi-même
On veut souvent charger autrui.
Quand le premier soleil sur le monde avait lui,
D'un semblable système
Adam se montra l'inventeur :
De son forfait Eve est, dit-il, l'auteur ;
Elle, sur le serpent veut rejeter le crime :
Du céleste courroux tous trois sont la victime.
Cet exemple a chez nous plus d'un imitateur :
Deux enfants le suivirent,
Mais sans aucun succès.

Voyant un oiseau de bien près,
A l'instant même ils le désirent;
De la fauvette alors méditant le larcin,
A s'en saisir ils parviennent enfin
Par la ruse, l'adresse, et non par le courage;
Ils la font sortir de sa cage.
De la voir voltiger ils sont tous deux ravis.
Se dirigeant vers la fenêtre,
Elle rend les marmots éperdus et contrits.
Quand arriva le maître,
Devant son tribunal
Il fallut comparaître,
Pour s'excuser tant bien que mal.
Chacun voudrait prouver son innocence,
Même aux dépens de son ami.
Mais vaine fut leur éloquence,
Sur tous deux le tort fut puni.

XXXVIII

LES ARBUSTES ET LES OISEAUX.

Aux lieux chéris de notre enfance,
Enchaînés par le souvenir,
Nous demeurons avec constance,
Ou revenons avec plaisir.
  Ornement du bocage,
  De jeunes arbrisseaux
Contemplaient la foule d'oiseaux
Qui reposaient sous leur ombrage.
Quand venait la saison des fleurs.
    Ils voyaient chaque année
    Une famille fortunée

Qui ravissait par des sons enchanteurs.
Mais à la troupe réunie
Prit un beau matin fantaisie
De voltiger sur des guérets.
Un oiseleur y tendait ses filets ;
Elle y tomba : plus de chant, plus de joie !
De l'esclavage elle sera la proie !
Les arbustes abandonnés
Gémirent sur son inconstance ;
Mais les oiseaux emprisonnés
Unissant leurs efforts avec persévérance,
Elargirent enfin une maille du rets,
Puis ils revinrent, satifaits,
Habiter le bocage,
Retrouver leurs premiers amis,
Promettant aux arbres chéris
De se fixer sous leur ombrage.

XXXIX

LES DEUX LIÈVRES.

Certain lièvre se moquait
D'un sien frère, qui de son gîte
Pour cause ne s'absentait,
Se souciant fort peu d'arriver au Cocyte.
— Que te sert, lui dit-il, de rester clos et coi ?
Est-ce pour le repos que te fit la nature ?
Dans la forêt viens plutôt avec moi,
Nous trouverons serpolet et verdure.

— Mais, répond l'autre, entends là-bas
Le son du cor, le bruit des pas,
Les chiens, les chasseurs qu'ils devancent:
Sur leurs coursiers les voilà qui s'élancent.
A la perte tu veux courir.
—Tu peux, dit l'imprudent, remettre à discourir;
Moi, je prends mon essor rapide.
Il s'éloigne à l'instant. Après de vains détours,
De son destin une balle décide
Et termine ses jours.

Sachons d'autrui respecter la prudence,
Elle peut suppléer à notre imprévoyance.

XI

LE LION LÉGISLATEUR.

Certain lion sur le déclin de l'âge,
Qui prétendait avoir la sagesse en partage,
S'avisa de rendre un édit,
Lequel, proscrivant tout délit,
Avait pour but la justice complète,
Puis entre ses sujets l'égalité parfaite.
Le mal dès lors fut défendu;
Tous durent vivre en paix, en bonne intelligence.

A la gent moutonnière il donna l'espérance
De ne payer au loup plus de tribut.
Chacun en son voisin dut reconnaître un frère :
Le faon, le léopard,
Le tigre et le renard.
Désormais plus de guerre
Entre dame souris
Et rominagrobis.
Cette loi paraît dure,
Excite le murmure ;
D'abord on s'en défend ;
A l'observer on se résout pourtant.
Mais le législateur, sans changer d'habitude,
Sans remords, sans inquiétude,
Enfreint sa loi de prime-abord.
Avec lui-même il était peu d'accord.
Tout prince veut qu'on l'écoute et l'admire ;
Qu'on l'imite, il ne le désire

Qu'en y trouvant son intérêt.
Le lion de ma fable eût été satisfait
De voir ses sujets se soumettre,
Sans leur ressembler toutefois ;
Mais l'exemple est un puissant maître,
Et près de lui les lois
Perdent la plupart de leurs droits.

XLI

LES DEUX GLANEUSES.

La faucille du moissonneur
Avait aux champs enlevé leur parure ;
Pourtant des blonds épis, présent de la nature,
Quelques-uns restaient au glaneur.
Une jeune glaneuse,
Légère et peu laborieuse,
Sans les voir auprès d'eux passait,
Et de n'en point trouver hautement se plaignait.

6

— Vous murmurez, c'est avec injustice,
Lui dit alors sa sœur;
Travaillez avec plus d'ardeur,
Vous reconnaîtrez qu'au labeur
Cérès toujours sera propice.
Ces conseils sont suivis,
Et toutes deux, avec courage
Se mettant à l'ouvrage,
Emportent maints épis.

Au champ de la science et de la poésie
Beaucoup d'auteurs ont fait d'abondantes moissons,
Mais au laborieux génie
Il reste assez d'épis pour orner bien des fronts.

XLII

L'AGNEAU ET SA MÈRE.

Un agneau, jeune encore, à la tête légère,
Parfois rebelle aux ordres de sa mère,
Voulut un jour suivre un chevreau.
S'étant écarté du troupeau,
Il bondissait dans la prairie,
Puis il paissait l'herbe fleurie.
Par un étroit sentier enfin s'acheminant,
Toujours avec son compagnon sautant,
Il savourait une bruyère.

Tout à coup, d'un traître buisson
L'épine meurtrière
S'enlace dans sa toison.
Auprès d'une antique tourelle,
Il voit planer l'autour dont la serre cruelle
Doit avancer le trépas qu'il attend.
L'écho de la vallée a répété sa plainte,
Sa mère avec effroi sent redoubler sa crainte.
Son amour lui donna des ailes à l'instant
Pour aller secourir son indocile enfant.
Deux fois il lui devra la vie !
Elle entend cette voix chérie :
—Ma mère, à l'avenir,
Je croirai ton expérience,
Je ne veux plus sans toi goûter un seul plaisir.
Sois le guide de mon enfance,
Sous tes yeux je ne puis faillir.

L'ESPÉRANCE.

Stances.

Oui, c'est à toi, douce Espérance!
Que je consacre mes accords.
Sous l'attrait de ton influence
Je te chanterai sur ces bords.

Alors que je reprends la lyre
Pour te célébrer aujourd'hui,

Je sens que c'est toi qui m'inspire
Et qui seras mon ferme appui.

Toi, des humains fidèle amie,
Qui consoles dans le malheur,
Charme puissant de notre vie,
N'abandonne jamais mon cœur.

Quand l'âme, à la douleur en proie,
Pense n'avoir plus qu'à souffrir,
Tu lui fais goûter une joie
Plus douce encor que le plaisir.

De l'instant heureux trop rapide
Toi seule devances le cours,
Et lorsque tu nous sers de guide,
Nous voyons naître de beaux jours.

O divinité tutélaire !
Sois mon refuge, mon soutien,
Et sous ton ombre salutaire
Je croirai jouir du vrai bien.

La jeunesse, dès son aurore,
Se précipite entre tes bras;
Et le vieillard revient encore
Chercher le bonheur sur tes pas.